Antônio Schimeneck
Ilustrações: Marco Cena

Por trás das cortinas

5ª edição / Porto Alegre - RS / 2022

Capa e projeto gráfico: Marco Cena
Revisão: Juares Souza
Editoração eletrônica: Bruna Dali e Maitê Cena
Assessoramento de edição: André Luis Alt

Dados Internacionais de Catalogação na Publicação (CIP)

S335p   Schimeneck, Antônio, 1976-
        Por trás das cortinas / ilustrado por Marco Cena.
    5. ed. Porto Alegre : Edições BesouroBox, 2022.
    112 p.

      ISBN 978-85-99275-55-9

     1. Literatura brasileira. 2. Literatura juvenil. 3.
Literatura sul-rio-grandense. 4. Ditadura Militar. 5.
Amizade. 6. Arte. I. Cena, Marco. II. Título.

        CDU: 821.134.3(81)-93
        CDD: 028.5

Bibliotecária responsável: Grazieli de Andrade Pozo CRB10/1552

Direitos de Publicação: © Edições BesouroBox Ltda.
Copyright © Antônio Schimeneck, 2022.
5ª edição

Todos os direitos desta edição reservados à
Edições BesouroBox Ltda.
Rua Brito Peixoto, 224 - CEP: 91030-400
Passo D'Areia - Porto Alegre - RS
Fone: (51) 3337.5620
www.besourobox.com.br

Impresso no Brasil
Março de 2022

"Como narrar ao rei
surdo, a verdade
do que ocorre
no mundo?"

Lara de Lemos

SUMÁRIO

Primeiro Ato	11
Férias	13
A Casa	18
Valquíria	25
Segundo Ato	31
O Baú	33
À Moda Antiga	37
O Susto	40
O Passeio	43

SUMÁRIO

Terceiro Ato 51
O Encontro 53
A Busca 61
O Segredo do Baú 66

Quarto Ato 71
O Esconderijo 73
Os Diários 78
O Segredo Revelado 81

Quinto Ato 97
Aula de Música 99
A Surpresa 103
A Despedida 110

Prefácio

A estreia de um autor marca o nascimento de um livro, de um caminho a percorrer entre leitores, livrarias, escolas, bibliotecas, feiras de livros. Para Antônio Schimeneck, esse caminho foi aberto anos atrás, desde que começou com a sua carreira profissional entre professores, bibliotecários, como contador de histórias e livreiro, ou melhor, desde que iniciou a sua experiência como leitor.

Do leitor ao escritor há um passo que Antônio acaba de completar, com a publicação do seu primeiro livro, *Por trás das cortinas*. Com esta narrativa de descrição apurada, personagens intensos de emoções, o autor revela uma viagem inesperada, uma casa misteriosa, um baú cheio de surpresas, um retrato pendurado na parede, um passado de segredos e o resgate de uma página escura da história do nosso país.

Aqui você tem os ingredientes para uma aventura de suspense, cheia de mistério. Você não conseguirá fechar o livro, enquanto a história não acabar. Afinal, a vida é feita de descobertas e surpresas, o que dá um sabor diferente à rotina. Esta novela em atos faz uma costura entre uma ação e outra, entre uma revelação e outra, entre o passado e o presente, para ser vivido agora. Em prosa que flui como pingos de chuva, traz o desconhecido, elemento tão presente nos nossos sonhos e pensamentos.

Por trás das cortinas, leitor, há um segredo. Não perca esta história de Antônio Schimeneck!

Ninfa Parreiras
Escritora e psicanalista

Férias

O carro freou bruscamente, fazendo com que Ana Júlia batesse com a cabeça no vidro. A garota abriu a boca para reclamar, mas mudou de ideia diante do que viu. Ela e os pais estavam estacionados em frente a uma casa antiga, de dois andares, toda de pedra e cercada de alpendres sustentados por madeiras grossas, que possuíam dois ganchos cada uma, onde provavelmente eram colocadas redes para descanso. Ao redor, via-se um gramado recém-cortado, que lembrava um enorme tapete verde, com seis círculos cheios de roseiras de várias cores. Por todos os lados, avistava-se uma grande quantidade de árvores de diferentes espécies e tamanhos.

Embora surpresa, não quis dar o braço a torcer e, mais que depressa, fechou a boca e fez uma cara de poucos amigos. A decisão dos pais de passarem as férias naquele lugar perdido no meio do nada estragou seus planos, pois ela pretendia aproveitar cada minuto com as amigas, conversar muito pela internet, passear no shopping, ir ao cinema e tudo mais que aparecesse de divertido para se fazer. A escola tinha lhe exigido muitas horas de estudo, e o que mais desejava, agora, era aproveitar os dias longe da sala de aula.

O ano, para Seu Walter e Dona Alice, pais de Ana Júlia, também havia sido muito difícil, cheio de desafios no trabalho que ocupavam praticamente todo o tempo dos dois. A rede de supermercados que administravam não era muito grande, mas exigia dedicação total. O pai sempre dizia que "o olho do dono é que engorda o rebanho". Por esse motivo, quase nunca saíam juntos.

Há alguns anos, Seu Walter recebeu a herança de uma tia, de quem ele nunca foi muito próximo,

Por Trás das Cortinas

num vilarejo, distante umas quatro horas da cidade onde moravam. Depois de tanto tempo sem visitar o local, pensou em vender a propriedade, mas quando começou a sentir umas dores estranhas no peito, o médico recomendou repouso, caso contrário, não agüentaria a rotina de trabalho do próximo ano.

Resolveram unir o útil ao agradável: verificariam em que pé andava a velha casa da falecida tia, descansariam e passariam as férias juntos, para variar.

Deixaram o apartamento em que moravam logo após o meio-dia. Ana Júlia nunca esteve tão silenciosa. Do banco traseiro do automóvel, via a paisagem mudar radicalmente, os prédios, as lojas cheias de gente entrando e saindo, os carros e os ônibus que lotavam as ruas com o seu vai e vem frenético, tudo foi ficando para trás.

Fechada no seu mundo, a menina apenas ouvia a conversa dos pais:

– Como estará a velha casa, hein? – perguntou Dona Alice.

– Olha, meu bem, fui lá apenas umas duas vezes, quando o tio Júlio ainda vivia, eu era muito pequeno. A casa era bem bacana, espero que o tempo não tenha estragado muito as coisas por lá.

Férias 15

Pelo que falei com a moça que limpa a casa, tudo está ainda bem conservado.

– E essa Efigênia, a esposa do seu tio, como ela era?

– Quase não tive contato com ela. Sei que eles se gostavam muito. Tio Júlio era o irmão mais velho de minha mãe, era muito brincalhão. Das poucas vezes que nos encontramos, foi bem divertido.

– É – falou Dona Alice, enquanto olhava para a paisagem. – Poderíamos ter procurado sua tia. Mas, também, ela nunca fez questão de nos visitar.

– Acho que acabou ficando meio caduca depois que enviuvou – argumentou Seu Walter. – O funeral dela foi na capital – continuou. – Ela não tinha parentes próximos. Lá do povoado, só estava a moça que cuidou dela nos últimos anos de vida. Eu não sabia que ela tinha tantos conhecidos na capital. Depois do sepultamento, várias pessoas vieram apertar minha mão dizendo que a tia era uma grande mulher.

– Acho que a gente não sabe é nada sobre a falecida esposa de seu tio – exclamou pausadamente Dona Alice.

Por Trás das Cortinas

A conversa dos pais foi ficando longe, o balanço tranquilo do automóvel fez com que Ana Júlia entrasse em um sono profundo e melancólico.

Dessa forma, lá estava ela, tristonha e acabrunhada por estar longe dos amigos; isolada de tudo e de todos, pois, pelo jeito, nem celular funcionava naquele fim de mundo.

Chegando lá, a menina desceu do carro e caminhou pela frente do edifício, para olhar cada detalhe daquela fortaleza de pedra e madeira. Deu a volta até os fundos, viu que havia outra construção um pouco mais distante. Era uma espécie de galpão ou depósito, todo de madeira rústica. Parecia ter dois andares.

Estava tão perdida na exploração do local que não percebeu a chegada do pai, que colocou a mão no seu ombro e disse:

– Filha, não quer entrar para conhecer a casa?

Ana Júlia nada respondeu, apenas virou-se e seguiu na direção que o pai apontava, refletindo sobre o que faria para passar o tempo ali, durante um mês inteiro.

A casa

    Seu Walter já havia descarregado toda a bagagem na porta de entrada, Ana Júlia apanhou sua pequena mala e entrou na velha residência pela porta principal. Sentiu um friozinho na barriga, como se adentrasse num território proibido.

    Ao contrário do que imaginou, percebeu que tudo por ali era bem simples, nada de muito luxuoso, mas confortável. Na sala principal, um conjunto de sofás antigos, acomodado em frente a uma lareira enorme que, pelas inúmeras marcas deixadas pelo

Por Trás das Cortinas

fogo, revelava que tinha sido muito usada. Ao lado da lareira, via-se um grande armário de madeira com portas de correr, mais tarde, ela dedicaria um tempo para descobrir o que havia dentro dele.

Na parede em frente à lareira, uma estante ocupava praticamente toda a parede, lotada de livros. Ana Júlia só havia visto tantos exemplares assim na biblioteca da escola.

O piso da grande sala era todo recoberto por tapetes. A garota não resistiu e, abaixando-se, passou a mão pela macia forração. Observou que havia muitos quadros nas paredes, de vários tamanhos. Em pequenas mesinhas espalhadas pelo cômodo, misturavam-se esculturas, estátuas de santos, miniaturas de animais e pequenas lembrancinhas, certamente provenientes dos lugares que a tia de Seu Walter havia visitado.

Aproximou-se, então, dos janelões da sala. Dali, enxergavam-se as casas vizinhas não muito distantes umas das outras. A vista perdia-se mais adiante na paisagem pontilhada, aqui e ali, por pequenos bosques. Junto à porta principal, via-se a escadaria que levava ao andar superior.

A Casa

– Filha, venha escolher o seu quarto – chamou a mãe.

A menina subiu lentamente os degraus. Chegou a um espaço amplo, com algumas poltronas, que ligava os quatro dormitórios. Dali, avistava-se o galpão dos fundos através de uma grande janela, toda envidraçada e emoldurada por uma cortina rendada que ia do teto ao chão. Como no andar de baixo, vários quadros decoravam as paredes e, em uma delas, um velho relógio pendia com seu tic-tac ritmado.

A mãe, chamando a atenção da filha, falou:

– Ana Júlia, aqui tem três quartos de hóspedes e o quarto que pertenceu à tia do seu pai. Nós escolhemos este, com uma cama de casal – apontou a mãe para uma porta aberta, onde o pai já havia colocado as duas grandes malas ao lado da cama. – Você pode escolher o quarto que preferir.

A menina não achou uma boa ideia ficar no quarto da antiga dona da casa. Escolheu o dormitório vizinho aos pais. Largou a pequena mala em cima da cama, coberta por uma colcha de retalhos coloridos. Ao lado da cama, um criado-mudo enfeitado com um guardanapo de crochê, todo ele com linhas coloridas, combinando com a colcha. Na parede oposta, um grande roupeiro, muito antigo, aliás, como quase todos os móveis daquela casa.

Depois de deixar suas coisas no quarto, Ana Júlia resolveu conhecer as demais dependências do andar térreo. Passou pela sala principal e entrou na sala de jantar. A primeira coisa que chamou sua atenção foi o enorme vaso de vidro transparente, cheio de rosas enfeitando uma mesa com seis cadeiras. Um lustre enorme pendia do teto, que era muito alto.

Havia um armário com portas de vidro que guardava pratos, pires, xícaras e taças de diferentes tamanhos. Abriu as gavetas do móvel, numa estavam os talheres e na outra as toalhas de mesa. Fixado na parede acima do móvel, um espelho quadrado, com uma moldura também de madeira.

Nunca tinha visto um banheiro tão grande em uma casa. Todo revestido de azulejos de um verde bem clarinho. A pia era grande e branca, com duas torneiras de ferro. Ao lado, via-se um armário sem portas, cheio de toalhas dobradas e prontas para serem usadas. O espelho acima da pia era ovalado, com moldura de metal. Mas o que mais chamou a atenção de Ana Júlia foi uma banheira de ferro pintada de branco, com quatro pés e duas torneiras, como as da pia.

A mãe entrou no banheiro:

– Gostou da banheira vitoriana? – perguntou.

– Vitoriana? – retrucou a menina, fazendo uma careta.

– É – continuou a mãe. – Essa banheira é inspirada num período da história que chamam de vitoriano, isto é, de quando a Rainha Vitória governava a Inglaterra. Durante o seu reinado, criou-se um estilo do qual essa banheira faz parte. É linda, não é mesmo? Se ainda estiver em funcionamento, vou preparar um banho inesquecível para você! – disse a mãe abraçando a filha. – Vamos procurar alguma coisa para matar a fome? Você deve estar faminta, eu, pelo menos, estou.

Os móveis da cozinha eram, em sua maioria, pintados de branco. Ana Júlia ficou impressionada com a geladeira, bem menor do que as que ela conhecia. Olhou para a mãe e perguntou:

– Será que esse treco funciona?

– Vamos ver – a mãe respondeu e, com a mão no puxador, olhou para dentro do eletrodoméstico, depois para a filha. – Está ótima! – respondeu.

– Como é que uma coisa tão velha assim ainda funciona?

– Ah, filha, antigamente, as coisas eram feitas para durar muito tempo. Essa geladeira é um exemplo disso.

Bem ao centro, via-se uma mesa de madeira, com algumas cadeiras ao redor e, em cima dela, um cesto enorme, cheio de frutas. Ao lado do cesto, coberto por um pano, um enorme pão. A cozinha possuía dois fogões, um a gás e outro à lenha, este último era todo de ferro escurecido. Entre os dois, pendia do teto um quadrado de madeira cheio de panelas, de diversos formatos e tamanhos, todas penduradas pelos cabos e ao alcance da mão. Uma porta dava para a despensa, onde eram estocados os mantimentos e demais alimentos não perecíveis, mas que agora estava quase vazia.

Tudo se encontrava limpo e arrumado. Seu Walter achou por bem não dispensar os serviços da mulher que cuidara da casa e da tia nos seus últimos anos de vida. Uma vez por semana, Valquíria vinha até ali, arejava a residência e mantinha tudo em ordem, de modo que foi só chegar e instalar-se. Ficou combinado que, durante o tempo em que estivessem ali, de férias, ela viria todas as manhãs, para que, afinal, eles pudessem realmente descansar.

O dia encaminhava-se para o fim. Cansados da viagem, resolveram dormir mais cedo. Caíram na cama como uma pedra naquele silêncio, que só era quebrado pelo barulho dos sapos, dos grilos, das corujas e pelo distante ladrar de algum cão insone.

Valquíria

Ana Júlia acordou com o canto dos passarinhos, coisa que, na cidade, ela nunca ouvia. Sentiu um cheiro de café fresquinho e foi descendo as escadas, em busca das delícias que se anunciavam no ar. Junto ao fogão à lenha antigo, encontrou uma mulher coando café que, ao vê-la, ali, parada na porta, ainda de pijama, abriu um sorriso e perguntou:

– Você deve ser Ana Júlia, não é mesmo?

A menina balançou a cabeça em sinal de afirmação.

– Eu me chamo Valquíria. Você quer tomar o seu café agora ou esperar os seus pais?

– Pode ser agora...

– E então, fizeram uma boa viagem?

– Acho que sim – respondeu a menina sacudindo os ombros. – Eu dormi praticamente o caminho inteiro. Só acordei quando chegamos.

– Acho que você vai gostar daqui, não tem muita coisa pra fazer, mas é ótimo pra descansar. Eu não nasci aqui, nesta terra, mas é como se tivesse nascido, pois pra cidade grande eu não volto mais. O ar puro daqui me conquistou, Deus me livre sentir aquele cheirão de óleo diesel e gasolina de novo e aquele povão todo se empurrando...

Ana Júlia achou engraçada aquela mulher falando alto, gesticulando muito e fazendo caretas. Era a primeira vez que ria desde que chegou naquela casa.

– Então, você é quem tomava conta da tia do papai? – perguntou a menina enquanto passava uma geleia de morango numa enorme fatia de pão.

– Acho que ela é quem tomava conta de mim – riu a empregada. – Logo que vim trabalhar aqui,

Por Trás das Cortinas

Dona Efigênia era bem reservada, mas, aos poucos, foi se abrindo e ficamos grandes amigas.

A garota percebeu que Valquíria gostava de conversar. Para a tia do pai, deve ter sido bem bacana ter alguém assim para passar o tempo. Ela conseguia prender a atenção com seu jeito de contar as coisas, como se estivessem acontecendo naquele momento.

– Dona Efigênia era uma grande mulher – continuou a empregada. – Para mim, pelo menos, ela foi uma amiga de verdade. Sinto falta dela até hoje. Às vezes, parece que vou chegar aqui e ver ela lá no jardim, cuidando das roseiras. Tinha uma mão e tanto para plantar. Tudo o que colocava na terra nascia e crescia forte e viçoso. Quer mais um pouquinho de leite nesse café?

– Não, está bem assim. Sabe, Valquíria, – continuou Ana Júlia, gostando da conversa – eu nunca tinha ouvido falar sobre essa tia do papai. A família dele não é muito grande, e ele trabalha muito, quase não visita ninguém.

– Ela era muito inteligente – continuou Valquíria. – Sinto muita saudade de nossas conversas

Valquíria 27

na varanda da sala, à tardinha. Ela me contava coisas de quando era mais jovem, das viagens que tinha feito, dos filmes que assistiu, dos teatros que frequentou, das músicas que gostava de ouvir e cantar. E os quadros que ela pintava, uma maravilha!

– A tia Efigênia era uma artista? – perguntou Ana Júlia, surpresa.

– Olha, se ela era artista, eu não sei, mas ela gostava muito de arte! Quando comecei a trabalhar aqui, ela já não saía mais de casa, passava o tempo todo lendo e cuidando do jardim. Em seus últimos anos de vida, ela começou a trocar fatos e datas. A cabeça dela já não funcionava muito bem.

– E ela morreu de quê? – indagou a menina.

– Ela já estava velhinha e um dia ela acordou reclamando de uma dor no peito – disse Valquíria, com o olhar perdido no horizonte que aparecia na janela. – Levei ela para a capital. Ficou uma semana internada. Não voltou mais para casa. Liguei para o seu pai, pois ela não tinha nenhum parente, e ele decidiu fazer o sepultamento lá na sua cidade.

Por Trás das Cortinas

– E ninguém daqui foi ao enterro? – perguntou a garota.

– Ninguém. Sabe, Ana Júlia, – Valquíria virou-se para a menina e, num tom de segredo, continuou – ninguém da vizinhança falava com ela ou queria saber dela. O povo daqui ainda é muito atrasado e não perdoa, assim, tão fácil. Agora está um pouco diferente, mas antigamente...

Ana Júlia não conseguiu esconder a surpresa diante do que acabara de escutar. Sentiu um aperto esquisito no peito.

Nesse momento, entrou na cozinha Dona Alice, e a empregada calou-se.

– Que maravilha acordar aqui, neste paraíso, e com um cheirinho delicioso de café! Você deve ser a Valquíria, não é? Muito prazer! Só nos conhecíamos por telefone. Obrigada por ter feito as compras que lhe pedi, aliás, você toma conta muito bem daqui, parabéns! Não via a hora de descansar.

Dona Alice sentou-se. Após servir-se de uma xícara de café preto, – Para acordar – como ela disse – olhou para a filha, depois para Valquíria e, dando um longo suspiro, falou:

Valquíria 29

– Ai! Não quero saber de problemas e de coisas tristes por um bom tempo. Vou dizer para vocês, eu precisava me desligar um pouco de tudo. Acho que aqui é o lugar ideal.

Nem precisa dizer que Ana Júlia estava com o olho do tamanho de um pires. O que teria acontecido de tão grave com a tia Efigênia, a ponto de ser malquista pelo povo deste lugar? Precisava conversar mais com Valquíria, mas tinha que ser longe da mãe.

Após o café, a menina subiu para o quarto e desfez a mala. Como não tinha um pingo de vontade de realizar essa tarefa, demorou o mais que pôde. Trouxe na bagagem alguns livros para tentar afastar o tédio que, provavelmente, teria pela frente. Isso, pelo menos, era o que ela, até então, pensava.

O Baú

À tarde, Ana Júlia saiu para conhecer melhor o lugar. Olhou para as casas ao longe e imaginou se, por ali, haveria outras crianças da sua idade. Apenas vislumbrou a fumaça que saía dos canos dos fogões. Resolveu ir até o galpão dos fundos. Estava fechado com uma grossa corrente. Com alguma dificuldade, conseguiu afastar as portas e entrou pelo vão. Esperou que seus olhos acostumassem com a pouca claridade e caminhou, vagarosamente, até o meio da construção. Era um espaço amplo, havia, ali, algumas ferramentas de jardinagem, uma máquina de cortar grama e, em um canto, observou uma grande quantidade de cadeiras empilhadas, umas sob as outras.

Achou uma escada que dava acesso ao andar superior. Era uma espécie de sótão, menor que a parte de baixo, mas muito alto. Vários móveis estavam cobertos por lençóis velhos. Porém, o que mais chamou sua atenção foi um baú de madeira muito antigo, todo reforçado com cintas de ferro e trancado com um grande cadeado enferrujado. Em volta do baú, havia cinco cadeiras.

Ana Júlia, muito curiosa, tentou abrir o baú de várias formas, forçou a tampa, puxou o cadeado, usou um arame na fechadura, como viu uma vez em um filme, e nada. Vasculhou os móveis encobertos por tecidos em busca da chave, tudo em vão. Sentou-se em uma das cadeiras e ficou imaginando o que estaria guardado naquela pesada caixa, que ela não conseguia, nem utilizando toda a sua força, mover sequer um centímetro.

A tarde passou rápido. Quando a garota percebeu, o sol já ia se pondo. De volta para casa,

Por Trás das Cortinas

encontrou Valquíria de saída. Tentou puxar conversa, queria saber mais sobre a tia Efigênia, mas a empregada disse que estava atrasada, que seu filho devia estar ansioso, já que hoje ela precisou ficar até mais tarde no trabalho.

Quer dizer que ela tem um filho? Então havia mais crianças por ali – pensou Ana Júlia, satisfeita com a descoberta.

– E eu, também, não gosto de ficar aqui até muito tarde, por causa das luzes – disse a empregada, já se afastando.

– Que luzes? – perguntou Ana Júlia, mas a empregada já havia partido.

Após o jantar, a menina refugiou-se no quarto. Ainda não estava plenamente conformada de que iria passar um mês inteiro naquele lugar, mas, pelo menos, existia a possibilidade de conhecer outras crianças, afinal, havia o filho da empregada e, com certeza, ele teria outros amigos espalhados pela vizinhança.

Mas o que realmente estava martelando na sua mente eram as últimas palavras que ouviu de Valquíria. Na escola, ouviu, certa vez, a história

O Baú 35

do Boitatá, que aparecia sob a forma de uma bola de fogo voadora, geralmente em lugares retirados, basicamente parecidos como aquele vilarejo onde estavam. Mas isso eram histórias para criancinhas, coisa que ela não era mais. Que luzes eram essas, então? Tinha percebido certo medo no tom da empregada, quando falou nas luzes. Será que a tia do seu pai andava assombrando aquele lugar? Não pôde deixar de sentir um arrepio. Amanhã conversaria com Valquíria e esclareceria tudo.

Pensava nisso, quando ouviu uma música vinda do andar de baixo. Era uma melodia que ela nunca tinha escutado.

À Moda antiga

Desceu as escadas, chegou à sala e encontrou os pais sentados em frente à lareira. Seu Walter, de olhos fechados, ao sentir sua chegada, disse:

– Senta aqui com a gente, filha!

– Que música estranha é essa? – perguntou ela.

– É de um grande músico e compositor que viveu no Brasil há muito tempo. Seu nome é Heitor Villa-Lobos e essa obra se chama Bachianas Brasileiras, mas, filha, olha só uma coisa...

O pai foi até o armário com portas de correr, ao lado da lareira, e abriu-as de par em par. Ana Júlia se surpreendeu e perguntou:

– O que é isso?

– São discos de vinil.

A mãe entrou na conversa:

– Filha, antigamente, não existia Cd, mp3 e outras tecnologias. As músicas eram gravadas em discos, que possuíam, no máximo, uma hora de duração. Eles tinham dois lados, o A e o B. Ouvíamos um lado e depois o outro. O material é bem frágil, não pode tomar sol, pois fica todo torto, e também arranha com facilidade.

O pai completou:

– Sem contar que era complicado sair com vinte discos embaixo do braço, pois eles pesam um bocado. Quando surgiu o Cd, ninguém mais quis saber do velho LP, abreviatura de *Long Play*, como também era conhecido. Muita gente jogou seus discos no lixo e eles acabaram virando sucata, mas, veja bem, aqui, na coleção da tia, tem discos que nunca foram lançados em Cd e que, provavelmente, teriam se perdido, se ela também tivesse jogado essas preciosidades no lixo.

Ana Júlia achou meio estranha aquela conversa. Ela nunca tinha ouvido falar em LP, vinil, muito menos desse tal Villa-Lobos, mas achou bonito ver aquela quantidade enorme de álbuns enfileirados no armário. E o disco ficava rodando num aparelho bem maior que aquele da sala de estar do apartamento.

– E esse barulhinho estranho? – perguntou a menina.

– É o charme do LP – falou o pai. – Vamos comprar uma agulha nova, aí, nem chiado a gente vai ouvir, só música, e da melhor qualidade.

O pai estava tão alegre, parecia até mais jovem. Concluiu que as férias começavam a surtir um efeito positivo nele. Há tempos que não conversavam tanto, mesmo que o assunto fosse discos de vinil.

O Susto

Ana Júlia acordou num pulo. Tinha ouvido alguma coisa, um barulho de corrente, um estalo de madeira. Abriu os olhos e ficou atenta, o coração dando pinotes dentro do peito. E se fosse algum ladrão?

Acendeu a luz do abajur, que ficava no criado mudo ao lado da cama, e voltou para debaixo das cobertas. Tentou se acalmar, mas sempre procurando ouvir mais alguma coisa. E se fosse apenas um estalo na casa? Um dia, a professora de ciências explicou que a madeira, conforme o calor ou o frio,

Por Trás das Cortinas

se expande ou se retrai, provocando estalos dentro de casa. Geralmente, ouvimos esses barulhos durante a noite, pois, normalmente, essa é a hora que a casa está mais silenciosa.

Eram explicações que não estavam contribuindo muito para diminuir o medo que ela sentia. E se fosse dar uma espiada lá fora? Afinal, estava dentro de casa e, ali, ela e os pais podiam se sentir seguros, pois as portas e janelas eram bem resistentes. Criou coragem e saiu da cama. Acendeu a luz do quarto, abriu a porta e espiou para fora.

Não fazia muito tempo que os pais haviam se recolhido. Saiu do quarto e caminhou, pé ante pé, até o meio da sala que separava os dormitórios. Chegou perto da grande janela de vidro que dava para o pátio. A lua cheia clareava tudo, inclusive aquele cômodo.

Sentia o coração bater mais forte. De repente, começou a ficar com medo de tudo, até das sombras que se formavam enquanto ela passava. Parecia que em cada canto havia um olho observando-a. Deu-se conta, também, de que estava numa casa muito velha e que, provavelmente, muita coisa já tinha

O Susto 41

acontecido ali. Ao chegar bem em frente à janela, ficou paralisada de pavor. Através das frestas do galpão, uma luz subia as escadas.

Toda arrepiada, virou-se para voltar correndo ao quarto e deu de cara com um enorme quadro da tia Efigênia que ela ainda não tinha notado, pendurado na parede, e que, naquele exato momento, a lua iluminava, dando ao retrato um ar fantasmagórico.

Nem pensou duas vezes, quase deu um berro e voou para o quarto. Jogou-se debaixo das cobertas, cobriu a cabeça e ficou, ali, quietinha. O coração parecia que ia saltar pela boca. Não conseguia controlar a respiração e a tremedeira. Seriam aquelas as luzes que Valquíria havia comentado? Seriam fantasmas? Lobisomens? A mula sem cabeça? Depois de muitas perguntas sem respostas, o cansaço finalmente venceu o medo e ela acabou adormecendo... claro, com a luz acesa.

O Passeio

Mal o dia amanheceu e Ana Júlia já estava de pé, foi direto para a cozinha. Valquíria já se encontrava a postos e serviu para a garota uma grande tigela com aveia, leite e mel. A ansiedade era bem maior do que a fome. Ana Júlia olhou para a empregada e disse:

— Vi as luzes na noite passada.

— Você viu o quê? – gaguejou Valquíria, fazendo umas duas vezes o sinal da cruz.

– Eu acordei à noite, não sei exatamente a hora, com um barulho – contou a menina. Não sabia de onde ele vinha. Fiquei intrigada e resolvi dar uma espiada. Quando cheguei diante da janela, vi uma luz pelas frestas do galpão, parece que ia em direção ao sótão.

Valquíria puxou uma cadeira mais para perto de Ana Júlia, sentou-se e segredou:

– Um dia, estendi um tapete da sala no arame lá dos fundos para tomar um pouco de sol. Acabei esquecendo, já estava deitada para dormir quando me lembrei. Levantei da cama e vim aqui recolher o bendito, pois vá que chovesse de madrugada. Recolhi o tapete, já estava saindo da casa, quando olhei para o galpão e vi aquela luz lá dentro. Tomei o maior susto da paróquia, não tive coragem de ir ver o que era. Desde esse dia, não volto mais aqui à noite.

– Mas o que você acha que são essas luzes, Valquíria? – perguntou a menina, com um olhar assustado.

– Pois, olha, não sei e nem quero saber! Tenho medo dessas coisas. Eu gostava muito da tia do seu pai, mas, agora, é ela lá e eu cá – falou isso e bateu três vezes com o nó dos dedos na madeira da mesa.

Ana Júlia passou a manhã encucada com aquilo. Pensou em contar para os pais, mas desistiu da ideia, pois não queria que eles se preocupassem com aquilo, além do mais, provavelmente eles não acreditariam. Tentou ler um pouco, mas aquelas luzes não saíam da sua cabeça. Foi umas três vezes espiar pela janela de onde avistara as luzes, andou em volta do galpão, mas não se animou a entrar.

Após o almoço, Ana Júlia foi para o quarto. Antes, deu mais uma espiada pela janela, o sol batia direto no galpão. Era uma construção bonita – pensou – e com toda essa luz do sol, que fantasma se atreveria assombrar àquela hora do dia? Tomou coragem e resolveu bancar a detetive, iria até o galpão investigar para ver se encontrava algo que revelasse o mistério envolvendo os acontecimentos da noite passada. Aparentemente, tudo estava como antes. Enquanto fazia a exploração do local, deparou-se com um papel de bala que tinha quase certeza de que não estava ali no dia anterior.

– Que estranho! Um fantasma que gosta de chupar balas... Isso não está me cheirando muito bem... Talvez já estivesse ali e ela não notara.

Distraiu-se mexendo aqui e ali, quando ouviu que a chamavam do lado de fora. Saiu e, qual não foi sua surpresa, avistou o pai montado em um cavalo lindo, todo marrom.

– Esse é o Faísca – disse o pai, batendo com a mão de leve no pescoço do cavalo. – Vamos dar uma voltinha?

Ana Júlia ficou empolgadíssima com a ideia de cavalgar. Seu Walter resolveu que, como era a primeira vez que ela andaria a cavalo, iriam juntos, para que a garota aprendesse como guiar o animal e, só mais tarde, pudesse andar sozinha. Assim, lá foram os dois, montados em Faísca, rumo ao vilarejo.

Um riacho de águas cristalinas corria bem no meio da vila, o que deixava a paisagem ainda mais encantadora. As ruas eram estreitas, ladeadas de casas muito simples. O pai explicou que a água do riacho podia ser bebida ali mesmo, tamanha sua pureza.

Chegaram a uma praça que deveria ser o centro comercial do povoado. A menina tinha a impressão de estar em uma cidade em miniatura, pois naquela única rua calçada funcionavam: o Mercadinho Amizade, a Farmácia Popular, o Posto de Combustível Boa Viagem, o Bar do Valdir, a Barbearia dos Amigos, a Igreja Nossa Senhora da Piedade e, quase no final da rua, num único prédio, via-se o Correio, o Posto de Saúde, a Delegacia de Polícia e a Subprefeitura.

Como o sol naquela hora estava um pouco quente, não encontraram ninguém na rua, ainda mais que, depois do meio-dia, como avisara Valquíria, todo mundo descansava um pouco, por isso mesmo, os estabelecimentos encontravam-se todos fechados, com exceção da delegacia. Ao passarem em frente ao prédio, viram o policial de plantão cochilando numa cadeira, os pés no corrimão, o chapéu no rosto. Ao ouvir o barulho dos cascos do cavalo, ele apenas levantou o chapéu e disse:

– Tarde...

– Boa tarde – responderam os cavaleiros e saíram novamente em campo aberto.

Depois de andarem bastante, apreciando a paisagem do lugar, subiram uma pequena colina, de onde se avistava todo o povoado que haviam deixado para trás. Viram ao longe a casa e o velho galpão.

– Está preparada para uma corrida? – disse seu Walter.

– O senhor já fez isso antes? – perguntou a menina, com um pouco de medo.

– Olha, faz muito tempo que não ando a cavalo, mas acho que a gente pode tentar um galope mais rápido. Está preparada?

– Sim! – respondeu a garota.

Seu Walter pediu que ela segurasse nas crinas do cavalo e, fazendo um movimento com os pés nos flancos do animal, soltou um pouco as rédeas. Faísca entendeu o comando e começou a trotar estrada afora.

Ana Júlia sentiu um pouco de medo ao perceber que, do trote ritmado, o cavalo começou a correr cada vez mais rápido, porém, ao sentir o vento no rosto e nos cabelos, experimentou uma sensação enorme de liberdade, como se estivessem voando.

Por Trás das Cortinas

O sol já ia se pondo quando os dois voltaram. Dona Alice havia preparado, de forma muito especial, uma mesa cheia de coisas boas. Ana Júlia, após um banho rápido, não se fez de rogada, comeu tudo com muita vontade, pois o passeio a tinha deixado faminta.

Depois do super café, todos resolveram sentar em frente à residência para apreciar o restinho do entardecer. O céu, antes muito azul, agora se coloria de vermelho e amarelo e as sombras da noite começavam a tomar conta de tudo. Um pouco mais tarde, Ana Júlia decidiu ir dormir. Com um beijo, despediu-se dos pais e foi para o seu quarto.

Ao subir as escadas, sentiu uma vontade enorme de ir até o galpão e dar uma olhada no sótão, enquanto ainda havia um pouco de claridade, para ver exatamente como tudo estava, assim, no dia seguinte, não teria nenhuma surpresa, como aquele papel de bala. Sentiu um arrepio de medo, mas a curiosidade era bem maior, o dia não tinha acabado totalmente, ainda havia luz natural suficiente para ela entrar no galpão, subir ao sótão e então, dormir sossegada na sua cama.

O Passeio 49

Saiu pelos fundos da casa, aproximou-se da grande porta, retirou a corrente que a prendia e entrou. Quando estava mais ou menos na metade da escada que levava ao sótão, pensou em voltar, começou a respirar com dificuldade, já arrependida de ter entrado ali. Sentiu as mãos suadas e os cabelos arrepiados.

Tudo permanecia como antes do passeio. O baú, as cinco cadeiras em volta e o papel de bala no chão. Quando estava saindo, algo lhe chamou a atenção: por detrás do baú, uma escadinha levava a uma pequena janela de vidro em forma de triângulo. Decidiu dar uma espiada. Começou a subir, cuidadosamente, os degraus. Ao chegar no meio do percurso, a velha madeira não resistiu e ela despencou escada abaixo.

A noite desceu aos poucos, cobrindo tudo com sua capa escura de sombra e mistério. Enquanto isso, Ana Júlia continuava caída entre a poeira e as tralhas do velho sótão.

O Encontro

– Nossa! Que tombo! – pensou Ana Júlia, quando acordou meio tonta e com dores pelo corpo. Notou que já era noite e a escuridão só não era total porque a pequena janela do sótão deixava entrar a luz da lua cheia.

– Será que alguém deu pela minha falta? Tenho de voltar para casa – pensou, apavorada. O coração era um trem desgovernado.

Ouviu um barulho, alguém mexia nas correntes da porta. Logo escutou passos subindo a escada, e um facho de luz que vinha lá debaixo iluminou o teto do sótão. Ana

Júlia ficou paralisada, atrás do baú. Não conseguia mover um dedo sequer, parecia colada ao chão. Suas pernas tremiam como gelatina. A luz subiu as escadas e deu direto no seu rosto. Gritou apavorada. Seu grito foi acompanhado de muitos outros gritos e uma correria louca pelo sótão. Ana Júlia jogou-se atrás do baú e ali ficou, encolhida de medo.

– Meu Deus! E agora, o que é que eu faço?– começou a rezar baixinho. De repente, tudo ficou em silêncio. Foram segundos que pareceram horas. Ouviu um choro abafado e um resmungo baixinho:

– Eu disse que não era para virmos até aqui, essa velha um dia iria aparecer.

– Cala a boca, Lívia – murmurou um menino, parecendo muito preocupado. – Por isso que garotas não podem entrar em aventuras deste tipo.

– Peraí, que eu não estou choramingando – retrucou uma voz de menina.

Ana Júlia percebeu que os intrusos não eram propriamente fantasmas, mas gente de carne, osso e, pela voz e choro, não eram tão mais velhos que ela. Então, tomou coragem, levantou-se e perguntou:

Por Trás das Cortinas

– Quem são vocês? Podem sair que não sou nenhuma assombração.

Aos poucos, os "fantasmas" foram saindo detrás dos móveis. Eram cinco crianças, dois meninos e três meninas, que se aproximaram meio desconfiadas. Um dos garotos, que parecia ser o líder do grupo, embora não fosse o mais velho, respondeu:

– Pois é, e você acaba de descobrir o nosso segredo. Eu sou o Gabriel, filho da Valquíria, que trabalha aqui na casa.

– Eu sou a Tamires – falou uma das meninas que tinha uma carinha redonda e uns olhos bastante curiosos. – Muito prazer.

– Sou a Duda, na verdade, meu nome é Eduarda, mas ninguém me chama assim! – sorriu uma menina que parecia ser a mais nova do grupo. Ela tinha um aspecto engraçado, pois o cabelo lisinho e cheio de laçarotes coloridos não combinava nada com a sua voz forte e invocada.

– Rafael na área – apresentou-se um menino de cabelo arrepiado e que acabava de sair detrás de uma mesa. Olhou para o lado e disse:

– Pode sair, Lívia.

O Encontro 55

Aos poucos, apareceu uma menina loira, com os olhos azuis ainda lacrimejantes, reclamando:

– Puxa! Você nos pregou um susto enorme, hein, Ana Júlia?

– Como é que você sabe o meu nome?

– Porque sua família é a atração do lugar. Todo mundo só fala na menina do nariz em pé que chegou da cidade grande – respondeu Lívia.

Gabriel lançou um olhar fulminante para ela, como quem diz: Falou demais. Então, tomando a frente do grupo, sugeriu:

– Quem sabe explicamos melhor essa história toda? – abriu espaço na roda de cadeiras iluminadas pela lanterna. Depois que todos se acomodaram, iniciou o relato:

– Bom, como você já sabe, sou filho da Valquíria e, muitas vezes, acompanhei minha mãe, enquanto ela limpava e arejava a casa. Um dia, subi até aqui e vi este velho baú. Fiquei imaginando o que poderia ter dentro dele. Contei para os meus amigos e eles também ficaram curiosos. Decidimos, então, descobrir o segredo desse baú. Como nossos pais costumam dormir logo que anoitece, pois todos acordam muito cedo para trabalhar, resolvemos

Por Trás das Cortinas

que o melhor para nossa visita seria à noite, pois de dia alguém poderia nos descobrir e certamente não iriam gostar. Há aproximadamente um ano viemos aqui pela primeira vez. Ficamos com um pouco de medo, mas como estávamos em cinco, tudo pareceu mais fácil.

– A verdade – falou Tamires – é que nunca descobrimos a chave do cadeado. Já reviramos tudo aqui e não encontramos nada. Sem ela, é impossível saber o que tem aí dentro, pois além da madeira ser muito dura, ela é toda reforçada com ferro.

– Outro dia, – falou Gabriel – a mãe esqueceu um tapete pendurado na cerca e voltou aqui à noite para recolher. Viu a luz da nossa lanterna e tomou o maior susto. Voltou correndo para casa e acabou espalhando pela vizinhança que o galpão era assombrado. Pensei em contar a verdade para ela, mas logo mudei de ideia, pois, assim, ninguém vem aqui com medo de fantasmas e nosso segredo ficaria bem guardado.

– É verdade, e nós viemos aqui quando queremos nos encontrar para conversar – falou Rafael. – Não temos muitos divertimentos na vila. A escola fica longe. Lá, tem até computador com internet,

O Encontro 57

uma biblioteca cheia de livros, mas quando estamos em férias, não sobra muita coisa para fazer, principalmente quando anoitece. Reunir-se aqui, no galpão, se tornou nosso passatempo predileto.

Nós criamos a nossa própria aventura – disse Duda. – Contamos histórias ou trazemos a lição e fazemos juntos. Uns têm mais facilidade em algumas matérias do que os outros, dessa forma, nos ajudamos. Alguém vai querer uma balinha? – ofereceu, abrindo uma bolsinha que trazia a tiracolo. Ninguém respondeu e ela, calmamente, desembrulhou uma e colocou na boca, estalando os lábios de contente.

Outro dia, trouxemos o livro "Viagem ao centro da terra", de Júlio Verne – lembrou Tamires. – Cada um leu um trecho e, quando vimos, o livro chegou ao final bem rapidinho.

Ana Júlia encantou-se com a história daqueles cinco. Olhou para o grupo e falou:

– E vocês não ficaram com medo de que alguém os visse por aqui? Afinal, a casa agora está ocupada, pelo menos durante este mês...

Gabriel respondeu pelo grupo:

– Vir até aqui, com vocês na casa, foi um grande desafio. O que é a vida sem um pouco de aventura, hein?!

– Mas agora que nos conhecemos, vocês podem vir aqui durante o dia e brincar bastante, que tal? – sugeriu Ana Júlia.

As crianças ficaram um pouco inquietas. Rafael virou-se para a garota e disse:

– Infelizmente, nossos pais não querem que nos aproximemos ou que falemos com qualquer um desta casa.

Ana Júlia ficou espantada com o que ouviu.

– E vocês saberiam dizer o porquê disso? – perguntou.

– É por causa da velha que morava aqui – disse Lívia.

– A tia Efigênia? – surpreendeu-se Ana Júlia.

– Desculpa aí, Ana Júlia, mas ninguém gostava dela por aqui, não – foi dizendo Lívia, com os olhos azuis bem arregalados. – Eu sei que ela era sua tia, que você gostava dela...

– Na verdade, ela era tia do meu pai. Eu nem a conheci. Ela morreu há muito tempo, eu nem tinha nascido. Mas, pelo que ouvi, ela era uma pessoa muito bacana. Sua mãe quem me contou, Gabriel – Ana Júlia olhou para o garoto que só encolheu os ombros.

– Acho que a única pessoa que gostava dela era a Dona Valquíria, – disse Duda – porque o resto da cidade não quer ouvir falar dela.

Gabriel percebeu que aquela história estava deixando Ana Júlia bem aborrecida. Resolveu interromper aquele assunto com uma ideia que lhe veio à cabeça:

– Bom, agora que você descobriu nosso segredo, que tal participar do nosso grupo?

Ana Júlia percebeu que, naquele instante, surgia a oportunidade de esclarecer tudo sobre a tia Efigênia. Algo lhe dizia que no baú encontraria as peças que faltavam para completar o quebra-cabeças em torno dos acontecimentos do passado. Com muita confiança, ergueu a cabeça e, encarando aquele menino de pele morena e olhos grandes e negros, como a mãe, respondeu:

– Legal, eu topo, e vou fazer ainda mais. Que tal se eu procurasse lá dentro da casa a chave do baú?

A Busca

Ana Júlia acordou com muita preguiça no dia seguinte, pois as aventuras da noite passada se prolongaram além da hora em que costumava se deitar. Muitas dúvidas rondavam a sua cabeça: O que levou tia Efigênia a colecionar tantos inimigos naquela cidade? Por que ninguém gostava dela?

O grupo combinou de se encontrar à noite, e ela pretendia já estar de posse da bendita chave para, enfim, descobrirem o que havia dentro do baú. Aproveitou que o pai havia ido até a cidade vizinha buscar os jornais para se manter informado sobre o que acontecia no mundo, e que sua mãe estava distraída, lendo uma revista, na área diante do jardim, e deu início à sua aventura de exploração.

Começou pelo seu próprio quarto. Abriu todas as gavetas, todas as portas, olhou embaixo e em cima de tudo. Continuou a busca no quarto de hóspedes, depois no quarto dos pais e nem sinal da chave. Relutou um pouco em entrar no quarto da tia Efigênia. Sentiu uma coisa esquisita, como se, de repente, a tia fosse aparecer perguntando o que ela estava fazendo ali, invadindo e mexendo nas suas coisas, mas pensou que se o conteúdo do baú fosse um segredo da tia, o lugar mais provável de encontrar a chave seria ali, junto das coisas dela. Abriu a porta devagarzinho. O quarto era muito bonito e estava arrumado, como se a tia ainda o utilizasse. A cabeceira da cama era recoberta de rosas esculpidas na madeira. Além do guarda-roupa, completava a mobília uma penteadeira com vários potes de cremes e alguns vidros de perfumes. Porém, o que mais a surpreendeu foram os quadros espalhados pelo cômodo. Observando mais de perto, percebeu que as paisagens que via retratadas eram do próprio vilarejo e que o nome da tia assinava a autoria das pinturas.

Iniciou, então, a busca pela chave. Atacou primeiro as gavetas da penteadeira, com muito cuidado, para não tirar nada do lugar. Depois, foi a vez dos criados-mudos ao lado da cama. Enfim, olhou para aquele roupeiro enorme e abriu todas as portas. Dentro, encontrou as roupas da tia. Achou tudo muito engraçado, parecia um setor de vestimentas antigas de uma loja de fantasias.

Nada de chave. Saiu do quarto frustrada, pois tinha quase certeza de que ela estava ali. Desceu as escadas até a sala e continuou a exploração pelo armário de discos. Depois, foi abrindo cada caixa e olhando para dentro de cada vaso que encontrava. Começou a perder a esperança de encontrar a bendita chave. E se fosse pedir ajuda para Valquíria? Não, ela poderia pôr tudo a perder se desconfiasse do grupo que se encontrava no galpão dos fundos enquanto todos dormiam.

O pai voltou pertinho do meio-dia. Além dos jornais, trouxe um estoque de revistas novas para

Dona Alice. Após o almoço, todos foram dormir um pouco. Valquíria deixou tudo em ordem e retornou para a sua casa.

Ana Júlia acordou pelas três da tarde. Dirigiu-se à cozinha e serviu-se de um copo de suco. Subiu as escadas e sentou-se bem em frente à grande janela que dava para os fundos da residência. Olhou para o galpão de madeira, pensando no que teria naquele baú. E se não tivesse nada lá dentro? Com certeza, seria uma decepção e tanto. Mas ninguém trancaria algo com um cadeado enorme, se não escondesse lá um grande segredo, pelo menos era o que ela imaginava.

– Acho que eu teria gostado de tê-la conhecido – pensou. – Embora tanta gente não gostasse dela, o rosto que via no retrato pendurado na parede era de uma doçura sem tamanho.

– Poxa, tia Efigênia! Onde a senhora escondeu essa chave? Podia dar uma pista, não é? – olhou fixamente para a imagem, que provavelmente tinha sido pintada pela própria dona da casa.

De repente, a menina sentiu um pequeno mal-estar. Os olhos no retrato pareciam vivos e era

Por Trás das Cortinas

como se estivessem olhando para uma direção específica. Seguiu o olhar e enxergou, do outro lado da sala, o antigo relógio encostado na parede.

Caminhou até lá. Era um móvel grande, como uma enorme caixa de madeira toda trabalhada, com entalhes, muito bonita. Tinha uma porta toda de vidro, onde podia se ver um pêndulo que balançava de lá para cá, de cá para lá. O tic-tac suave parecia ter vida própria e ser o dono do tempo. O marcador das horas ficava lá no alto. Ana Júlia arrastou uma das poltronas para perto do relógio, subiu em cima e ficou em frente aos ponteiros. Quase caiu de costas quando notou que um dos ponteiros tinha o formato de uma chave. A tia realmente era muito esperta – pensou. – Ana Júlia abriu a porta de vidro que protegia o mostrador do velho relógio e, com um pequeno puxão, arrancou o estranho ponteiro.

A Busca 65

O Segredo do Baú

Ana Júlia não via a hora de encontrar seus companheiros de segredo no sótão. Assim que os pais foram para a sala, ela deu um beijo de boa noite nos dois e, fingindo ir para o quarto, escapuliu pela porta dos fundos. Logo depois, chegaram os demais integrantes do grupo. Todos queriam saber, ao mesmo tempo, se ela tinha encontrado a tão desejada chave. Ana Júlia enfiou a mão no bolso e balançou a chave no ar. As crianças vibraram de felicidade.

Por Trás das Cortinas

– Calma, pessoal! Não experimentei ainda no cadeado, mas só pode ser esta a chave, estava disfarçada de ponteiro no relógio da sala do andar de cima.

As crianças correram para o baú. A ansiedade tomava conta de todos.

– Vamos logo, experimenta a chave! – disse Tamires, não se aguentando de nervosa.

Ana Júlia levou a chave até o cadeado, girou para um lado, para o outro e nada.

– Talvez tenha estragado a fechadura por causa da ferrugem – disse Gabriel.

– Ai, ai, ai. Acho que nunca vamos descobrir o que tem dentro desse troço! – exclamou Lívia.

– Calma, pessoal! – disse Ana Júlia, forçando um pouco mais a chave. De repente, ouviu-se um clic seco e o cadeado se abriu. Todos gritaram ao mesmo tempo. Gabriel teve que tapar a boca de Lívia com as mãos para ela não acordar todo o vilarejo com seu grito.

Ana Júlia abriu devagar a pesada tampa, enquanto o coração de todos parecia querer saltar do peito. Para espanto e decepção do grupo, só havia

O Segredo do Baú 67

roupas velhas dentro do baú. Por um instante, se olharam sem saber o que dizer.

– Quase sempre, a expectativa é melhor do que a solução dos enigmas – disse Rafael, quebrando o silêncio.

– Quem guardaria esse monte de roupas velhas dentro de um baú, como se fosse um tesouro? – perguntou Tamires, aborrecida.

– Só pode ser coisa daquela velha maluca – disse Lívia.

– Não fale assim, Lívia! – corrigiu Rafael, olhando sem jeito para Ana Júlia.

– Desculpe, Ana, foi sem querer – disse Lívia, arrependida. – É que fiquei muito decepcionada.

– Eu também fiquei, Lívia, e ainda não estou acreditando que tia Efigênia tenha escondido tão bem a chave desse baú só para proteger um monte de roupas. Não tem lógica, vamos revistar bem essas roupas.

Imediatamente, começaram a tirá-las de dentro do baú. Quando Gabriel pegou a última peça, avistou a ponta de uma corda presa em uma fresta no fundo do baú. Resolveu puxá-la e viu que o fundo mexeu um pouco. Olhou apavorado para os companheiros e disse:

– Pessoal! Olhem isso, aqui tem um fundo falso!

Todos correram para ver aquilo e foi um empurra-empurra tremendo. Gabriel precisou colocar ordem no recinto. Rafael, que era o mais robusto da turma, segurou na ponta da corda e puxou com força. E, para surpresa de todos, o fundo se abriu como um alçapão.

O Esconderijo

Uma aragem fria e um cheiro de mofo saíram de dentro do baú, atingindo em cheio o rosto atônito das crianças.

– Vejam, é um fundo falso! – disse Duda.

– Estou com medo – disse a pequena Lívia, quase chorando. – Quero ir embora daqui.

– Não precisa ter medo, Lívia – disse Ana Júlia, abraçando a amiga. – Estamos juntos e nada de mal pode nos acontecer.

– Isso mesmo, Ana – disse Tamires.

Gabriel apontou a lanterna para dentro do alçapão. Havia uma escada muito estreita que levava para dentro da escuridão. É claro que todos estavam com um medo danado.

– Acho melhor a gente deixar para ver o que tem lá dentro amanhã de dia – disse Duda.

– Não podemos vir aqui de dia, – contrariou Rafael – você sabe muito bem disso, Duda, e não chegamos até aqui para desistir agora. Quem está de acordo em entrarmos, levanta o dedo.

Gabriel foi o primeiro, seguido por Ana Júlia que, apesar do medo, tinha a impressão de que deveria fazer isso pela tia Efigênia. Tamires pensou um pouco e levantou o dedo, concordando. Duda não iria ficar pra trás. Todos olharam para Lívia, só faltava ela concordar:

– Eu não vou ficar aqui, sozinha – disse ela, levantando o dedo.

Rafael pegou a lanterna das mãos de Gabriel e começou a descer a escada, bem devagar. Lá de cima, os amigos lhe incentivavam e pediam cuidado. Logo ele estava de pé no fim da escada. Apontou a luz da lanterna por todos os cantos, deu um passo, puxou uma cordinha que pendia do teto e uma lâmpada acendeu. Todos ficaram aliviados e começaram a descer.

Era um espaço um pouco menor que o sótão, construído de tal forma que, quem entrasse no andar de baixo, jamais desconfiaria de sua existência. Havia três beliches, uma mesa e algumas cadeiras. Em uma das paredes, uma estante repleta de livros e cadernos. Não tinha janelas, apenas uma porta estreita que dava para um pequeno banheiro.

Sem dúvida, era um esconderijo – pensou Ana Júlia, extasiada com a descoberta. – Pegou um dos cadernos empoeirados da estante e viu que era uma espécie de diário, contendo fotos e cartas.

– Gente! Olhem isso aqui! Ai! Tô toda arrepiada – e apontou o braço. – É o diário da tia Efigênia...

Todos se aproximaram da estante e começaram a folhear os cadernos.

– Olhem, esse é de um tal Caio Freitas, é um poema – disse Duda. – Deixa eu ler pra vocês:

O medo não me domina
Mesmo que os monstros
Saiam da escuridão
Nossas lâmpadas precisam ficar acesas
Espantando o mal que teima em nos per-
seguir
Hoje estamos fechados em porões
Mas é por um motivo maior
A liberdade caminha a passos largos
Ela é nosso objetivo e nossa força
Por ela, vale a pena chorar sozinho
Não há de ser em vão
O sofrimento de tanta gente
Valerá cada lágrima, cada pranto
Cada gemido de dor
Se um dia um homem livre
Puder gritar pela praça
Os seus poemas em flor

– Nossa! Que coisa linda e ao mesmo tempo triste – exclamou Tamires, emocionada.

– O que será que ele quis dizer com "espantando o mal que teima em nos perseguir?" – perguntou Rafael.

– Olha só o que tem no meu... – disse Lívia, pedindo atenção.

– Espere um pouco, Lívia – interrompeu Gabriel. – Já é muito tarde, quem sabe cada um leva o seu diário pra casa e amanhã a gente se reúne e conta o que leu?

Apesar da ansiedade, todos concordaram que era o melhor a fazer no momento.

Rafael foi o último a deixar o esconderijo, depois de apagar a luz com dois puxões na cordinha. Fecharam tudo e saíram, silenciosamente, da mesma forma como entraram.

Os Diários

Ana Júlia ainda leu um pouco mais o diário da tia Efigênia, até que, vencida pelo sono, adormeceu. Acordou com o sol entrando pela janela e o diário aberto sobre o seu peito. Desceu para o café e voltou correndo para o quarto, para continuar a leitura.

No almoço, todos notaram que ela estava com o olhar vago e os olhos um pouco inchados de chorar.

– Está com saudade de casa, filha? Parece que você andou chorando.

Ana Júlia respondeu:

– Nada disso, mãe! Li um pouco e acabei pegando no sono. Meus olhos estão inchados, mas é de tanto dormir. Não esquenta a cabeça, que está tudo bem.

No meio da tarde, tinha acabado de ler todo o diário. Uma mistura de tristeza e satisfação tomava conta do seu peito. Adormeceu e sonhou que reclinava a cabeça no colo da tia Efigênia e que ela passava a mão pelos seus cabelos encaracolados, enquanto contava histórias tão bonitas que lhe davam uma sensação enorme de paz.

Acordou bem disposta e descansada. Não via a hora de reencontrar os companheiros para compartilhar as novidades. Foi a primeira a chegar ao galpão, sentou-se, ficou observando tudo ao seu redor e lembrando as coisas que se revelaram sobre aquela velha construção. Deu-se conta de que tudo tem uma história e de como as coisas mais simples se revestem de um brilho diferente quando a gente descobre alguns de seus segredos.

Entendeu o porquê daquela quantidade de cadeiras empilhadas num canto, em cima de uma espécie de tablado. Começou a retirar as cadeiras, até se deparar com uma parede. Descobriu uma porta de correr, trancada por dentro, que dava acesso ao esconderijo embaixo do sótão, exatamente como havia lido no caderno da tia.

Voltou para o meio do tablado e olhou para a porta de entrada. Sentiu uma emoção transbordante, pois agora via tudo com outros olhos. Sabia exatamente o que a tia havia imaginado para aquele lugar, antes que os acontecimentos mudassem os seus planos completamente. Uma ideia lhe veio à mente:

– Por que não? – pensou, entusiasmada.

A barriga de Ana Júlia parecia cheia de borboletas que não paravam de querer levantar voo.

O Segredo Revelado

Quando as crianças chegaram, Ana Júlia já os esperava em torno do baú. Todos estavam com uma cara estranha, um pouco tristonhos. Com certeza, o conteúdo das suas leituras não era muito diferente do que ela tinha lido pela manhã.

– Acredito que vocês, assim como eu, descobriram muitas coisas sobre este lugar – disse Ana Júlia. – Confesso que estou muito surpresa. Nunca imaginei que algo assim pudesse acontecer!

Todos escutavam com atenção o que ela falava.

– Tia Efigênia teve um papel muito importante em um momento crítico da história do nosso país. Ainda bem que ela e as pessoas que por aqui passaram escreveram suas experiências, senão, de que forma saberíamos a verdade? Separei alguns trechos do diário dela para ler para vocês:

Quarta-feira 12/03/1969

Decidi escrever para não enlouquecer, muito embora o tempo em que vivemos é que parece ter ficado completamente doido. Não pretendo que estes escritos venham a público tão cedo, mas, talvez, um dia, alguém os encontre e, assim, todos ficarão sabendo que tudo o que fiz teve um motivo muito sério.

Sou uma mulher sozinha, infelizmente não tive filhos e fiquei viúva muito cedo. Minha cunhada mora na capital. Sempre que posso, procuro encontrá-la, mas, para algumas pessoas, a separação em vez de trazer só saudade, causa um enfraquecimento das relações.

Por Trás das Cortinas

Minha companhia diária são os livros que leio. Eventualmente, vou à capital em busca de cultura e distração. Assisto a filmes, vou ao teatro e atualizo minha biblioteca. Foi numa dessas viagens que tive a ideia de construir um Centro Cultural, aqui, onde moro. Um lugar onde pudéssemos preparar nossas próprias peças de teatro, ou então realizar oficinas de pintura, de dança ou qualquer outro tipo de arte. Penso que a arte é fundamental para o desenvolvimento das pessoas e, para mim, é tão importante e necessária quanto tomar café pela manhã. Não consigo viver sem ela.

Passei da vontade para a ação. Contratei uma equipe que levantou o grande galpão dos fundos, depois um técnico instalou a iluminação e uma mesa de som completa para a apresentação de peças de teatro. Não contei a ninguém, queria fazer uma surpresa para todos da comunidade.

Às vezes, é preciso adiar um projeto para dar lugar a outro. Hoje, pela manhã, bem cedo, recebi uma visita inesperada. Decidi mudar, pelo menos por enquanto, a finalidade da obra que acabou de ficar pronta.

O Segredo Revelado 83

– Nunca imaginei que esse velho galpão era para ser um teatro – falou Rafael, com uma cara de espanto. – Já estou curioso para ver essa aparelhagem... mas onde está essa mesa de som que ela fala no diário?

– Na verdade, a tia chamou o galpão de Centro Cultural. Antes da chegada de vocês, dei uma vasculhada por aí e achei a mesa lá embaixo das cadeiras – respondeu Ana Júlia. – Aquelas cadeiras estão sobre um palco em frente ao camarim, que possui uma porta de correr e agora está disfarçada e trancada por dentro.

– Mas o que aconteceu para ela não inaugurar o Centro Cultural? – perguntou Tamires.

– Eu acho que a gente está se metendo onde não foi chamado – choramingou Lívia.

– Agora é tarde, queridinha – retrucou Duda.

– Bom, vou continuar a leitura de outro trecho para entendermos toda essa história – disse Ana Júlia. – Preparados?

– Sim – responderam todos ao mesmo tempo.

Por Trás das Cortinas

Segunda-feira 17/03/1969

Estamos vivendo um pesadelo. Nunca pensei que o meu querido Brasil fosse passar pelo que estamos presenciando. Quando li no jornal, anos atrás, que a nação sofreu um golpe, que o presidente do país tinha sido deposto, que o poder de governar havia caído nas mãos dos militares, achei tudo isso muito grave. Mas como estou longe de tudo, pensei que a política não afetaria nosso vilarejo e até continuei com o projeto de construção do Centro de Cultura. Também imaginei que logo haveria uma reviravolta e o sistema mudaria. Já se passaram cinco anos e a coisa só piorou.

Na quarta-feira passada, recebi a visita inesperada de um grande amigo que é professor na Universidade da capital. Há muito tempo que não nos víamos, mas trocávamos cartões em datas, como Natal e aniversário. Ele está fugindo da polícia. Em nenhuma revista ou jornal que recebo semanalmente li as histórias que ele me contou.

Antônio Schimeneck

Bernardo S. (vou chamá-lo assim para proteger sua identidade) está propondo que eu esconda algumas pessoas que estão sendo perseguidas por pensarem contra o governo. Eu não posso me omitir diante dessas injustiças. Todo poder que tira a liberdade das pessoas de expressarem as suas vontades e opiniões precisa ser combatido. Vou ajudá-los. A cultura em nossa pequena vila terá de esperar. Vamos preparar o galpão para receber os fugitivos do sistema.

– Pessoal, eu já tinha ouvido falar dessa tal ditadura, mas não pensei que tinha sido algo, assim, tão grave – falou Gabriel. – Eu peguei o diário de um rapaz que ficou aqui durante duas semanas. Seu nome era Fábio e, pelo que entendi, era aluno desse tal Bernardo S.

– Por que ele se escondeu aqui? – perguntou Rafael.

– Ele fazia parte de um grupo de estudantes da universidade e participou de manifestações contra a Ditadura – respondeu Gabriel. – Daqui, ele fugiu para fora do Brasil, parece que tinha uma tia em um dos países da fronteira.

86 *Quarto Ato*

– Notei que as informações são um pouco incompletas – falou Duda.

– Claro! Imagina se esses diários fossem parar em mãos erradas – argumentou Lívia. – As anotações que li eram de uma moça, também estudante, chamada Elisa. Ela escreveu que uma vizinha que implicava com ela ligou para a polícia especializada em prender quem era contra o governo militar. Por sorte, ela tinha um amigo que trabalhava na polícia e ele conseguiu avisá-la a tempo de fugir.

– Pelo que entendi, muita gente se aproveitou para se vingar de quem não gostava – concluiu Rafael.

– Ana Júlia, – chamou Tamires – aí, no diário da tia, conta o porquê de ela se afastar de todo mundo? Embora eu já comece a desconfiar o motivo.

– Vou ler essa parte para vocês, então – respondeu a garota.

Domingo 30/03/1969

Ontem recebi a visita do delegado Severo. Nunca gostei muito da cara dele, parece um forasteiro. Veio com uma conversa de que o meu nome foi encontrado na lista de doações em um teatro que foi fechado por motivos políticos, na capital. Eu disse a ele que, sempre que podia, ajudava todo tipo de manifestação artística. Ele respondeu que eu tomasse cuidado, pois mais cedo ou mais tarde, a polícia acabava descobrindo quem ajudasse os que se rebelavam contra o governo.

Depois dessa "visita", resolvi que o melhor a fazer é me isolar para a segurança das pessoas que amo e a segurança de meus hóspedes clandestinos. Isso me dói profundamente, mas agora que comecei com isso, vou até o fim, nem que me custe a amizade de meus queridos vizinhos. Confesso que estou com um pouco de medo. Prefiro passar por louca, como minhas amigas já andaram espalhando por aí, assim, a polícia também me deixará em paz.

Bernardo S. contatou com um conhecido, aqui, da cidade vizinha, que, uma vez por semana, trará mantimentos, como alimentos e remédios, assim, eu não preciso comprar nada na vila. Que Deus nos ajude nesses momentos tão difíceis.

Por Trás das Cortinas

– Por isso que ouvi minha avó comentando que a antiga moradora desta casa era meio caduca – lembrou Tamires. – Na verdade, ela quis se passar por louca para proteger algumas pessoas.

– Isso justifica a enorme antipatia que todos sentiam por Dona Efigênia – arrematou Duda. – Os moradores daqui se magoaram de verdade com ela.

A prova disso – completou Rafael – é que nossos pais, que nem conheceram direito a Dona Efigênia, não querem que falemos com você – olhou para Ana Júlia – e com seus pais, que não têm nada a ver com essa história.

– E ela nunca tentou se defender, contar para todos o que tinha acontecido aqui? – indagou Duda.

– Acho que isso pode ajudar a responder essa pergunta – falou Ana Júlia, folheando o caderno até as últimas páginas.

Sexta-feira 10/05/1985

Há muito que meus hóspedes se foram; não precisam mais se esconder feito criminosos.

O Segredo Revelado 89

Parece que as coisas estão mudando, a Ditadura Militar começa a desaparecer de nossas vidas, mas ainda será muito difícil desaparecer de nossas mentes, sem falar do medo de que tudo se repita.

A solidão nunca foi tão profunda como agora. Não consigo me acostumar com a falta de uma boa conversa com os vizinhos e amigos. Decidi que a vida precisa retornar ao seu prumo. O tempo começa a agir também em mim, já não tenho mais a força e a disposição que tinha antes. Resolvi retomar minhas amizades e, aos poucos, reconquistar meus antigos amigos. Porém, o que aconteceu hoje pela manhã fez com que eu perdesse a esperança de que possa novamente ter uma vida normal.

Desde que comecei a esconder perseguidos políticos, não visitei mais ninguém aqui do povoado, mas, hoje, a saudade falou mais alto. O inverno se aproxima e o frio não está apenas fora, mas dentro de mim.

Senti-me um bicho estranho enquanto caminhava pela estrada. Todos saíam na janela e me apontavam. As crianças corriam em volta de mim e diziam: "Velha louca, velha louca, bruxa velha".

Engoli meu orgulho e segui adiante. Encaminhei-me ao mercadinho da vila. A dona havia sido uma das minhas melhores amigas e, muitas vezes, tentou me procurar, mas, para a sua segurança e meu desespero, encontrou a porta sempre fechada. Assim que entrei, o estabelecimento se encheu de curiosos. Peguei algumas coisas nas prateleiras e aproximei-me do balcão, no qual minha antiga amiga atendia os clientes. Com um olhar duro, ela retirou, um por um, os produtos que eu havia colocado em um cesto, deixando-os de lado. Depois disso, encarou-me profundamente e disse: Aqui não tem absolutamente nada que possa ser comprado por ti. Quer um conselho? Ponha-se daqui para fora – e apontou para a rua.

Nem sei como saí de lá. As crianças me seguiram rua afora com a mesma ladainha: "Velha louca, velha louca, bruxa velha".

Não tenho mais disposição para tentar provar que todos estão equivocados a meu respeito. Fiz o que minha consciência mandava. Pode

Antônio Schimeneck

ser que algum dia alguém descubra toda a verdade. Provavelmente, eu não estarei mais aqui.

– Puxa vida! A Dona Efigênia sofreu um bocado, hein? – disse Duda, com os olhos bem arregalados.

– E põe sofrer nisso – exclamou Lívia, limpando as lágrimas do seu pequeno rosto. – Tudo por culpa desses militares.

– Só um pouquinho – rebateu Rafael. – Nem todos os militares eram a favor do Regime Militar – todos olharam para o garoto de cabelo arrepiado. – Eu tenho aqui o depoimento de um militar que também precisou se esconder por não concordar com o comando dos seus superiores. O nome que ele usou para se identificar no diário é Tenente Souza.

– E o que fez de tão grave para ser perseguido? – perguntou Duda.

– Ele não concordava que o país fosse governado por uma ditadura, pois acreditava na democracia – continuou Rafael. – Quando percebeu que alguns de seus colegas estavam abusando do poder, começou a ajudar os perseguidos pelo sistema. Tirou, aos poucos, a família dele do país e, por último, ele próprio teve que fugir ao ser descoberto.

– O meu fugitivo era um padre – revelou Tamires – e foi ajudado pelo Tenente Souza. Conforme li aqui, – mostrou o caderno – o Padre Alberto chegou neste local muito ferido. Quem ajudou a cuidar dele foi o militar. Eu não tenho coragem de contar as coisas pelas quais esse religioso passou no que ele chamou de "porões da ditadura". Se alguém quiser ler depois, está aqui – falou isso e colocou o diário sobre o velho baú.

– E minha mãe? – perguntou Gabriel. – Como ela entrou nessa história toda? Ela, com certeza, nem imagina o que aconteceu por aqui.

– Tenho algo que vai ajudar a esclarecer isso – falou Ana Júlia e abriu novamente as memórias da tia.

Segunda-feira 27/02/1995

Enfim algo aconteceu que sacudiu um pouco a poeira da minha vida vazia. Hoje, pela manhã, bateu em minha porta uma moça oferecendo-se para ajudar no serviço da casa. Contou-me que não gosta da cidade grande, prefere viver num local pequeno, com "qualidade de vida", disse ela. Está de mudança com os pais e precisa de trabalho para ajudar nas despesas da família.

Perguntei se ela não tinha medo da "velha louca do povoado". Respondeu que não, e que ninguém tinha nada com a vida dela. Senti uma forte determinação nessa moça. O nome dela é Valquíria. Combinei que uma vez por semana ela virá para ajudar no trabalho da casa. Minha saúde já estava mandando sinais de que eu não deveria mais fazer tudo sozinha.

Ana Júlia fechou o diário, olhou para os demais e falou:

– Hoje, antes de vocês chegarem, eu estava bisbilhotando por aí, descobri que as luzes, que foram instaladas anos atrás, estão todas nos seus lugares e as caixas de som também. Está tudo aí, exatamente como descrito no diário da tia. Então, tive uma ideia – olhou para os companheiros. – Proponho um desafio: o que acham de limparmos

Por Trás das Cortinas

o nome da tia Efigênia através de uma peça de teatro preparada por nós?

Todos se olharam por um instante, pensativos. Depois, com os olhos cheios de brilho e de empolgação, estenderam as mãos, colocando umas por cima das outras, como sinal de cumplicidade e compromisso, sem que nenhuma palavra precisasse ser dita.

Aula de Música

Como o tempo não espera e nem para, quem precisou se apressar para que tudo ficasse pronto antes da partida de Ana Júlia foram as crianças. Nas primeiras noites, planejaram o que iriam apresentar. Cuidando para que não fossem descobertos, testaram a iluminação do galpão, certificando-se de que tudo funcionava perfeitamente. O controle de luz e som seria realizado do antigo esconderijo, localizado exatamente atrás do palco, como originalmente havia sido planejado. Rafael tinha facilidade com equipamentos eletrônicos e ficou responsável por cuidar dessa parte.

A peça conteria várias músicas que seriam coreografadas. Ana Júlia encarregou-se de providenciá-las, já que dentro de casa havia um armário repleto de discos. Resolveu pedir ajuda ao pai. Numa tarde em que ele lia distraidamente o jornal, ela chegou, como quem não quer nada, e disse:

– Oi, pai! Lendo um pouquinho?

– Pois é, filha!

– Sabe, pai, no ano passado, a professora falou sobre a Ditadura Militar. Ela disse que muitos artistas tiveram de sair do Brasil. Queria saber uma coisa, será que entre os discos da tia não tem nenhum cantor que foi perseguido nessa época?

– Acho que tem, sim! – respondeu o pai, deixando o jornal de lado e empolgado com o interesse da filha no assunto. – Eu era muito pequeno quando tudo isso aconteceu, não sei muita coisa, mas não custa darmos uma olhadinha – disse isso enquanto abria as portas do armário ao lado da lareira.

Seu Walter mandou ver. À medida que encontrava algo que lhe interessava, alcançava para Ana

Júlia. Apresentou-lhe vários álbuns e explicou o que tinha acontecido com todos aqueles artistas. A cada explicação do pai, a garota ficava mais encantada ao perceber como ele tinha tanto conhecimento.

– Filha, este é um disco do Chico Buarque. Ele foi um dos compositores perseguidos pelos militares. A música que ouviremos foi censurada e se chama "Cálice".

O pai levantou a tampa da vitrola, tirou o disco da capa, colocou no prato e, ao arrastar levemente o braço com a agulha para a direita, após um pequeno estalo, o disco começou a girar. Então, ele soltou levemente a agulha na faixa escolhida. E o som encheu a sala.

Ana Júlia ouviu com atenção. Ao final da execução, perguntou:

– O que tem de errado na música? Por que ela foi proibida?

– Aí está, filha! As canções não podiam ter uma crítica aberta ao sistema, por isso, algumas palavras eram substituídas. De vez em quando dava certo e a censura não percebia a troca.

– Eu acho que entendi – disse a menina. – A palavra "cálice", nessa música, na verdade significa "cale-se".

– Isso mesmo, filha, acho que você captou o espírito da coisa!

Após uma tarde musical com o pai, Ana Júlia sentia-se ainda mais entusiasmada para levar adiante a ideia da montagem teatral. Por outro lado, um pouco triste, pois, até a leitura do diário da tia Efigênia ela não imaginava que o país houvesse passado por momentos tão difíceis há tão pouco tempo. Parecia que a Ditadura Militar havia sido esquecida, pois ninguém mais falava dela.

A Surpresa

Faltavam poucos dias para acabarem as férias de Ana Júlia. Por isso, os pequenos atores tinham que correr com os preparativos da peça. Assim que anoitecia, eles se encontravam no galpão, discutiam as falas, as músicas e o cenário. Os ensaios eram muito divertidos e tudo tinha que ser feito com o mínimo de barulho, para não acordar o pessoal da casa.

Escolheram o sábado para a grande surpresa. Às nove da noite, quando quase todo o povoado dormia, Rafael acendeu as luzes do galpão e acionou o sistema de som externo a todo o volume. As caixas acústicas encheram o ar da noite quente com a "Melodia Sentimental", de Heitor Villa-Lobos.

Ao ouvirem a música, todos começaram a sair de suas casas para ver de onde vinha aquele som. A notícia de que algumas das crianças não estavam na cama dormindo, como deveriam, correu de boca em boca, e fez com que os pais se dessem conta de que os filhos tinham algo a ver com o que estava acontecendo. Surpresos e muito assustados, perceberam que a música vinha da propriedade da Dona Efigênia, a "bruxa velha, a velha louca". Desconfiados, partiram em direção ao galpão.

Seu Walter e de Dona Alice foram os primeiros a chegar. Espantados, viram as portas abertas, o velho galpão todo iluminado, cheio de cadeiras enfileiradas em frente ao pequeno palco e, pendurado em cima da porta, um cartaz de boas-vindas. Maior espanto ainda foi quando viram aquele povo todo chegando. Seu Walter, já desconfiado de que só podia ser coisa da Ana Júlia, foi convidando o povo a entrar e ocupar as cadeiras. Aos poucos,

Por Trás das Cortinas

o espaço foi totalmente preenchido. Fora um comentário baixinho aqui, outro ali, parecia que todos haviam combinado de ficar em silêncio, como se estivessem num sonho e não quisessem acordar.

A luz foi diminuindo aos poucos, até apagar-se completamente. Ouviu-se um murmúrio na plateia. Finalmente, a cortina abriu-se devagarzinho e um foco de luz se acendeu no palco, iluminando Tamires, Gabriel, Lívia e Duda. Vestiam roupas escuras e vendas pretas nos olhos. Todos com as mãos para trás, davam a impressão de estarem amarrados.

Ana Júlia entrou no palco. Vestia uma espécie de bata branca, encontrada no velho baú. Olhou para a plateia e começou a falar:

– Muitos aqui conheceram a querida Dona Efigênia, uma viúva que gostava de flores, de músicas, de livros e de pintar quadros, retratando a terra que tanto amava. De repente, essa mulher afastou-se de todos e tornou-se uma reclusa. Foi criticada, excluída e acabou sua vida sozinha, nesta casa. Acontece, senhoras e senhores, que para tudo isso existiu um motivo. É o que vocês saberão hoje.

A Surpresa

Uma música suave começou a tocar baixinho. Ana Júlia se dirigiu até Tamires e começou a narrar fatos sobre a Ditadura Militar, tirados dos diários. Fez o mesmo em frente a Duda, Gabriel e Lívia, depois voltou a falar com a plateia:

– Há poucos dias, eu era uma das crianças mais infelizes da face da Terra, pois precisava ficar com meus pais, aqui, neste vilarejo, onde nem sinal para o meu celular tem. Por acaso, descobri que um grupo de crianças se encontrava às escondidas neste velho galpão e, juntos, descobrimos que este prédio era um sonho da tia Efigênia. A verdadeira finalidade deste espaço era ser um Centro Cultural para a comunidade.

Depois de dizer isso, Ana Júlia dirigiu-se até Gabriel, tirou a venda dos seus olhos e ele começou a falar ao público:

– O sonho de trazer arte para os moradores de nossa querida vila teve de ser adiado. Dona Efigênia precisou esconder, aqui, pessoas que eram perseguidas durante a Ditadura Militar.

Ouviu-se um "Oh!" abafado e um arrastar de pés incomodados entre os presentes.

Ana Júlia fez o mesmo com Duda, retirou a venda dos seus olhos. Esta deu um passo à frente e falou:

– Isso mesmo. Dona Efigênia abrigava, neste galpão, pessoas procuradas pelo governo militar. Muitas delas machucadas no corpo e aqui – apontou para a própria cabeça. – Ela teve de tomar uma decisão. Afastou desta casa os amigos, os vizinhos e os curiosos para proteger os moradores da vila, caso a polícia descobrisse quem ela escondia.

Ana Júlia retirou a venda dos olhos de Tamires e Lívia. Enquanto isso, Rafael botava para tocar uma música que comparava a Ditadura Militar a uma máquina que esmagava quem ousasse pensar por conta própria. As crianças jogaram-se no chão, como se arrastadas por uma mão invisível. Nesse momento, as luzes piscavam, criando um efeito caótico.

Novamente, ouviu-se uma melodia instrumental, e cada um se colocou num ponto estratégico do palco. Do teto, desceram os diários que, amarrados com fios de nylon, davam a impressão de flutuarem sobre o palco. Emocionadas, as crianças iniciaram a leitura de alguns trechos escolhidos de cada diário. Narrativas que contavam um pouco dos dramas particulares vividos pelas pessoas que por ali passaram. A cada depoimento, eram intercaladas músicas que aludiam ao período da Ditadura Militar. Muitos, ali, já tinham ouvido aquelas canções, mas só agora entendiam o que realmente elas queriam dizer.

Ao final da apresentação, os atores mirins pararam em frente ao palco. Ana Júlia olhou para os expectadores e disse:

– Agora está explicado o porquê da reclusão da tia Efigênia. Ela preocupou-se tanto em salvar vidas ameaçadas que precisou sacrificar a amizade de todos vocês. Tudo isso apenas por um motivo: amor.

Uma luz foi, vagarosamente, iluminando o fundo do palco, onde estava o quadro com o rosto da tia Efigênia. Alguém levantou, começou a bater palmas e toda a plateia fez o mesmo.

Rafael entrou em cena com os amigos e, juntos, inclinaram-se, dando por encerrada a apresentação. O público veio abaixo, todos choravam e

Por Trás das Cortinas

aplaudiam. Ana Júlia e sua turma se abraçavam, emocionados, com um sentimento de felicidade enorme, que quase não cabia no peito, e a certeza de que realizaram algo muito importante. Entenderam que esse era o tesouro que aquele velho baú lhes reservava. Finalmente, a verdade foi apresentada aos moradores daquele pequeno vilarejo.

A Despedida

A euforia foi tanta, que seu Walter resolveu prolongar as férias por mais uma semana. Ana Júlia estava feliz em poder conhecer melhor seus novos amigos. Foi na casa de cada um e não foram poucos os momentos em que a turma reuniu-se, agora à luz do dia, no velho galpão para conversarem.

Entre os planos da garotada, estava o desejo de transformar aquele espaço no que a antiga proprietária idealizou tempos atrás, em um local onde diferentes tipos de arte pudessem conviver. Para que isso acontecesse,

Seu Walter conversou com a administração da Subprefeitura, com a presença do novo grupo de atores mirins e da recém-eleita diretora do Centro Cultural: Valquíria, que não cabia em si de contentamento.

Na hora da partida, todos foram se despedir de Ana Júlia. Acenando do carro, a menina, com o coração apertado, pensava em como umas férias, que tinham tudo para dar errado, se transformaram em uma experiência única. Ali, naquele lugar distante de tudo, ela encontrou o que algumas pessoas buscam durante uma vida inteira.

Embora tristes com a separação, todos tinham a certeza de que se reuniriam novamente, ali, ainda muitas vezes, pois amizades verdadeiras nunca saem de cena.

Compre pelo site
www.besourobox.com.br

112 páginas / 14x21
978-85-99275-69-6

Antigamente, era comum as pessoas se reunirem, à noite, ao redor do fogo, para ouvir e contar causos de terror, histórias de fantasmas, cemitérios, lobisomens, vampiros, tesouros enterrados e guardados por espíritos. O imaginário popular, movido pelo medo e pela falta de uma explicação convincente ou até por mera diversão, criava histórias e as tornava realidades assustadoras. Em 7 histórias de gelar o sangue, Antônio Schimeneck ressuscita essas lendas e nos leva a revivê-las com o suspense e o terror que as mantém vivas até hoje.